추워 봐야 별거냐며 동백꽃 핀다

추워 봐야 별거냐며 동백꽃 핀다

김부수 시집

문학들

시인의 말

글 쓰는 재주는 타고나질 못했던 것 같다. 그러고 보니 글을 잘 쓴다는 말도 들어 본 적이 없다. 그저 시인이 되고 싶던 꿈만 있었지 그리 열심히 쓰지도 않았다. 그리고 글은 늘 욕심이 과해 긴 호흡으로 끝나곤 했다. 그러던 어느 날, 신춘문예의 당선이 지금까지 글을 쓰게 한 힘이 되었다. 여기 기록한 글들은 시라기보다 삶의 가닥을 추스르는 마음으로 시 형식을 빌려 쓴 글들이다. 그러다 보니 남에게 내보이는 일이 쉽지 않아 망설이고 주저하다 이제야 그 끝을 마감할 수 있었다. 욕심을 내려놓는다고 하면서 오랫동안 꼭 쥐고 있었던 까닭이기도 하다. 그리고 이제 그 무거운 짐을 내려놓는다. 시작이 있었으니 마무리는 있어야 할 것 같아서다.

내 못난 글들이 세상에 나올 수 있도록 보금자리를 매년 마련해 준 『땅끝문학』에 고마운 마음을 전한다. 끝으로 이 글이 세상에 나갈 수 있도록 응원해 주시고 기꺼이 다리를 놓아 주신 분들께도 감사한 마음을 합장으로 대신한다.

강진만 어귀에서
김부수

차례

제2부

제3부

제4부

제1부

빈집

굳게 걸린 녹슨 자물쇠,
지문 감식도 되지 않을 오랜 세월이
햇살 아래 새침하게 앉아 있다

입춘

아직도 목을 움츠리게 하는 바람 끝이
만만찮은데 입춘이 지난다
처마도 서까래도 내려앉은 고향 집
살다 보면 어느 땐가 되짚어 오려니
그렇게 떠나간 텃밭에도 달래나 냉이
드문드문 솟아날까
봄동이라도 자라는 걸까
살아서 보내는 안부조차 받을 이 없는
눈에 밟힌 고향 마을에
오늘은 반가운 겨울 단비가 내린다
간밤 자정 넘어 시작한 비로
이른 봄기운이 마음을 흔드는데
사람살이란 늘 이렇게 겉으로 돌다
정작 목숨 한 번 걸어 보지 못하고
좁쌀만큼 작아져 덩그러니
식은 밥이 되어 가는지 몰라
긴 겨울 가뭄 끝에 내리는 빗속으로
야무지게 붉은 꽃잎을 던지며

이제 추워 봐야 별거냐며
동백꽃이 핀다

읍내 가는 길

미루나무 그늘이 듬성듬성 난 길을 따라
어쩌다 지나는 소달구지를 따라
풀썩풀썩 이는 먼지도 함께 걸었다
여명의 끄나풀이 아직도 긴 어둠을 풀어
성황당 지나는 길이 으슥한데
단돈 십 원이 아쉬워 닳고 닳은 고무신 끌고
읍내 새벽 장 가는 길
꼭두새벽 첫닭이 울면
아직 여미지 못한 삶의 자락들이
올망졸망 선잠을 깨고
저만큼 허름한 집 안 구석구석
켜켜이 쌓인 어둠 떨어지는 소리에
길 옆 도랑으로 놀란 개구리 뛰어들고
똬리 위 푸성귀 몇 다발 뒤뚱뒤뚱
읍내 장에 간다
이렇게 살아 어느 세월에
허리를 펴나 자꾸 목메지만
허방에 괸 물 아래 아른아른

한겨울 햇살 같은 아이들을 그리며
오늘도 읍내 장에 간다

시름

앞뜰 감잎이 붉기도 전에 진다
이 가을,
붉기도 전에 지는 것이 너뿐이랴
자식 같은 볏섬에 기름을 붓는
형님의 소금기 번진 얼굴도
언제 끝날지 모르는 빚잔치를 준비하는
오촌 당숙의 숯 같은 가슴도
속절없이 무너지고
꽁보리밥 하루 두 끼,
군입 다시며 허덕이던
아련한 유년의 기억 저편에
쌀밥은 한때 간절한 우리의 꿈이었다
바람의 외침만 남은 들녘에 서 보아라
시름이 어떻게 깊어져 잘려 나간 벼 포기에
된서리로 꽂히는가를

새마을

자고 나면
이엉 대신 파란 슬레이트가
마을 안 흙길은 시멘트로 덮이고
진짜 새마을이 되나 싶어
사람들 얼굴에 생기가 돌았다
하지만
불덩이 같던 여름 가뭄도
해마다 곤죽이 되던 물난리도
크게 달라지지 않았다
지게를 지고 걷던 길이
손수레 다니는 길로 넓어지고
등잔불 대신 백열등이
도깨비불을 쫓아내고 나서도
우렁찬 새마을 노래가 아침마다
좀 더 크고 멀리 들리는 것뿐,
우리 손으로 만들어야 한다던
살기 좋은 내 마을은 빈집만
하나둘 더 늘었다

유치
- 수몰일기

2001년 초가을,
소재지 값나간 건물들이
굴착기의 굉음에 무너지고
부연 먼지 속에 하루가 저문다

2001년 십이월,
살던 집을 쉬 떠나지 못하고
별일이야 있겠냐며
겨울 땔감을 하시는
할머니 한 분을 만난다

2002년 정월,
깊어진 겨울 능선을 따라
쥐꼬리만큼 남은 해가 넘어가고
마을로 들어가던 길도 여기저기
뭉개진 채 사람이 살다 간
흔적을 듬성듬성 기억할 뿐

2002년 이월 십이일,
설을 쇠러 고향을 찾은 이웃들이
마지막 차례를 위해
오래 멈추었다 가고

2002년 춘삼월
헐린 집터 사이사이
두고 간 그리움들이 이른 봄볕에
쑥 잎으로 살아 앳된 얼굴을
내밀고 있다

한대리

앞 산봉우리를 돌아
낡은 슬레이트 지붕들 사이로
고삐 풀린 산그늘이 내려온다
인적보다 어둠이 먼저 찾아오는
산 아랫마을

마을 어귀 나앉은 가로등 하나
마중할 이도 없는데 눈시울이 붉고
가늠할 수 없는 어둠 속으로
흐린 달빛마저 산을 넘어
휑한 울안엔
밤이슬만 소리 없이 쌓인다

군데군데 어둠을 뚫어 군불 넣고
아직 남은 온기로 마주하고픈
돌아와 함께 지심할 밭이랑엔
쑥부쟁이 지천으로 손짓하는데

뜰아래 부서지던 풀벌레 소리
가물거리던 불빛
잠 못 이루던 그리움도
가슴 데일 것 같던 뜨거운 눈물도
그 자리 흔적이 없다

해창 마을

가슴에 남은 그리움 죄다 털어 내고
아무도 몰래
고깃배라도 타고 싶던 산굽이 돌면
잠시 잊힌 얼굴들 저만치 서성인다

세상을 떠돌다 지쳐 돌아온 이웃들
더 이상 발 디딜 곳 없을 때
넉넉하진 않아도 그저 발품 파는 것만큼
끼니 걱정 없이 살아가던 마을,
메스껍고 울렁거리던 생선 비린내도
만선의 꿈을 안고 떠난 사람들 노래도
여기 살아 보지 않은 사람은 기억하지 못한다

긴 겨울이 얼음의 두께를 늘리듯
바다로 가는 길 아직 멀기만 하고
적막 속에 낡은 목선처럼 내려앉은 선창가,
바람도 쉬어 가지 못하고
더 이상 부를 이름마저 남지 않은
어쩔거나 부둣가 마을

고향

저문 강을 거슬러
마을 앞 미나리 방죽에
한 소쿠리 어둠이 풀리면
앞산 등에 업혀 칭얼대던
보름달 데리고 마실 돌던 곳

오래된 지붕 너머로 연기 솟고
부뚜막 위에 걸린 남폿불
어둠을 걷어 내면 그 아궁이에
허기진 군불 타오르던 곳

돌부리에 걸려 넘어져도
생채기에 남아 있는 흙먼지를 닦으며
훌훌 털고 일어나는 법을
울음보다 먼저 알아 버린 곳

어딜 가도, 어디에 있어도
손톱 밑에 박힌 가시처럼
아프게 간절하게 살아 있는

그해 가뭄

그늘을 늘여야 할 나무들도
제 몸 가누기에 바빴다
물을 따라 내려가는
구덩이도 끝이 없었다

저녁마다 물길을 지키는
이웃들이 늘고
쩍쩍 금이 간 논바닥에선
그 흔하던 개구리 울음도 그쳤다

벌써 바닥을 드러낸 강들이
뙤약볕 아래 눕고
뱃가죽을 허옇게 뒤집고
떼죽음한 물고기 곁에
적자생존의 날개를 윙윙거리며
파리들이 모였다

뿌리를

더 깊게 안아야 할 땅에선
더운 김이 솟고
꼬일 대로 꼬인 풀잎들이
불어오는 바람에 소리 없이 꺾였다.

기다림에 지치고 멍든
사람들의 얼굴에선
더 이상 땀방울도
맺히지 않았다

무던한 목청으로
밤중까지 매미가 울고
밤하늘엔 아랑곳없는
별들만 눈부시게 빛났다

보릿고개

설움 중에 배고픈 설움이
제일 크더라
적어도 우린 그걸
주문처럼 달고 살았다

콩 반쪽이
양지쪽 햇살보다 더 끌리던
이른 봄이 지나도
파릇파릇 쑥 잎이 칼끝에 넘어가던
춘삼월이 다 지나도
이 고갯길이 딱히 끝날 기미는 없었다

쌀독 바닥엔 먼지만 남고
식은 밥을 담던 소쿠리에
그 많던 파리들 자취도 없고
빈 솥단지 어머니 한숨만
거미줄에 걸렸다

철없던 어린
주린 배를 불려 줄
우리의 양식은 어디에 있었을까
순사보다 더 무서웠던
보릿고개

귀향

어쩌다 혼자 나서는
길동무 없는 고향 길
버거운 세월의 나이테가 앞장을 선다
그 뒤로 얼마를 갈지 알 수 없는
헛헛한 발길이 뒤따라가고
인적 없는 한길이 멀찍이 돌아간다
너무 늦은 건 아닐까
단내 나는 발길이 두렵다
잘 익은 낙엽들이
시린 엉덩짝을 들썩이는 오후
무너진 돌담장 사이
살갑게 부를 이름 몇 남지 않은
서먹한 고향 마을
반겨 줄 곳 없는 나그네 되어
저린 오금 달래며 고향으로 간다
여름이면 한 뼘도 그늘을 늘이지 못하던
동네 앞 느티나무 아직 그대로일까

마을로 들어가는 길 위에 선다
먼발치 마중 나와 이제나저제나
기다린 이웃 없는
군내 나는 고향으로 간다

내 살던 곳

그래, 키 큰 살구나무 한 그루
이맘때쯤 희디흰 꽃잎 날리며
들녘 한가운데 우두커니 서 있었지
찔레꽃 핀 지 오래, 달리 고픈 입을 달랠 길
없던 우리는 감꽃을 주워 참 많이도 먹었다
먹다 남은 꽃을 실에 꿰어 목걸이도 만들었던가
이따금 고향이라고 둘러보는 발길엔
계절이 지나간 흔적만 어지러이 남고
나 말고 또 누가 여길 바람처럼 왔다 가는 걸까
무논에 개구리 울음소리 지천으로 널리고
쟁기질하는 소의 코끝에서 쇳소리가 났다
세월은 그 많던 장정들 하나둘 땅 위에 눕히고
제 스스로 힘에 부쳐 주인 떠난 빈 들을
그저 얼멍덜멍한 빈 가슴으로 지켜 왔으련만
계절이 와도
돌아오지 못하는 이웃들은 무너진 돌담이며
부서진 창살 사이 옛 추억처럼 잘들 지내는지
땅따먹기 하던 앞마당도

술래잡기하던 옛 동무들도
새마을 노래와 함께 밝아 오던 아침도
마을을 지키지 못했느니
살기 좋던 마을은 그렇게 흔적도 없다
사라진 절터를 둘러보는 쓸쓸한 마음으로
또 몇 번을 더 오게 될까
내 살던 곳,
이제 마을 번지마저 잃고 이름마저 지워진 채
가까스로 살았던 집터만
이름 모를 잡초들이 지키고 있네
더는 찾아올 이웃이 없는
내 살던 곳

유년의 농번기

부지깽이도 한몫을 한다는
농번기철이 되면
학교에서 늦게 돌아갈 구실을 찾아
교실 복도를, 운동장 가를 서성이던
어린 시절,
학교 파하면 함께 놀자고
철없던 소릴 하던 까까머리 친구들도
지금쯤 다들 집으로 돌아가
부모님 일손을 거들며 길어진 해를
원망하고 있겠지
허기진 배와 땀 찬 검정고무신을 끌고
집으로 돌아간다
학교가 끝나고 돌아오면 해야 할 일을
아침 일찍 일러 주던 어머니 목소리가
텅 빈 마당가 빨랫줄에 걸려
정월 대보름날 날아간 가오리연처럼
아득한 오후,
부엌으로 달려가 식은 밥 한 덩이

물 말아 넣고 꼴망태 어깨 메고
소 먹일 꼴 베러 나가던
내 어린 시절의 농번기

가을 저녁

할머니가 오신다
머리에 쓴 땀 절은 수건이
반쯤이나 풀려서 위태롭게 똬리 밑에
덜렁거린 채로

어머니가 돌아오신다
짧고 무디어진 호미를 휘휘 저으며
모가지 떨어진 수수 이삭 한 손에 쥐고
어둑한 그림자와 함께

한참을 지나 어둠이 내려앉은
사립을 밀며 누렁이가 아버지를 따라
집으로 돌아오고
우리 집 가을은 숭숭 뚫린 울 밑에
낙엽으로 쌓여 갔다

외로움이 내 몫인 양
빈집에 남아 있던 어린 시절

발밑에 깔린 어둠을 건너
등잔불 켜고 남포등 밝히면
어른들의 고단한 노동과 상관없이
그냥 마음 달달했던 가을 저녁

외딴집

외딴집
우리 집
들 가운데 우두커니 있대서
동네 어떤 아저씨는 밭골이라 했다
밭에 논에 둘러싸여 여름이면
극성스런 벌레들과 살고,
황량한 겨울이면
거칠 것 없이 내달리는
칼바람과 함께였다
윗동네도 아니고 아랫동네도 아닌
그러나 행정구역은 윗동네였던
외딴집 우리 집
그래도 마음 가는 대로 한다면
왠지 아랫마을과 가까웠던
외딴집 우리 집
지금은 그곳이 간데없다
누군가 살았을 것 같던
그 자취, 그 흔적 어디에도 없다

그해 여름

그 여름내 하늘은 닫혀 있었고
겹겹이 쌓인 구름 틈바구니로 하루가 멀다고
눅눅함을 더한 비가 내렸다
물기를 잔뜩 머금은 바람
언제 벗어질지 모르는 하늘

분명히 장마는 끝났다고 했다
그러나 지긋지긋한
비는 끝난 게 아니었다

제2부

양말 세 켤레

겨울이 저만치서 머뭇거린다
몇 번을 어줍은 듯 기웃대더니
간밤 허연 풋눈을 지붕 위에 풀어놓고는
기어이 어깨를 움츠리게 한다
얼마나 추우실까
등을 지질 아랫목은 없어도
시골집에 비하면 웃풍 한 점 없이
난방이 잘된 이곳 노인요양병원,
그래도 늘 발이 시리다던 어머니를 위해
손녀딸이 사 드린 양말 세 켤레,
고향 집 갈 때 신겠다고 기어이
비닐 가방 깊숙이 넣어 버린다

남평역

이제 남평역은 한갓지다
앙증맞은 새싹이
언 자릴 헤집고 일어나는 봄
흐드러진 잎들이 잔치를 벌이는 여름
거미줄 끝에 매달린 노란 은행잎이
간당간당한 가을을 밀어내고
그 가을이 깊어 옷깃을 여미게 하는
한겨울 전갈이 와도
역사驛舍 앞마당은
여전히 인기척 하나 없다
대합실 낡은 의자 모서리에 걸린
햇살 한 줌 보듬고 갈
기다리는 사람도
기다릴 사람도 없는
남평역

겨울나기

겨울이 저 강을 건너올 즈음
우리는 들일을 갈무리한다
잘못 떨어진 낟알들이 행여
겨울새의 먹이가 되면 어쩌나
잘게 부순 고운 흙을 한 삽 퍼
그 위에 골고루 뿌린다
춥고 외로운 겨울이 눈에 선하다
아무리 모진 추위가 와도
스스로를 버리지 않도록
잠시 땅을 꾹꾹 눌러 밟는다
이제 비라도 조금 내렸으면
어느새 높새가 불고 하늘이 어두워 온다
바람 끝이 매서워지고
우리는 서둘러 짐을 챙긴다
쇠스랑, 괭이, 삽, 지게
꿈을 꾼 것일까 거짓말처럼
우리의 뒤를 따라 부슬부슬 겨울을
재촉하는 비가 내린다

아버지

무서리 허옇게 내린 두엄 더미 위로
쪽잠으로 설친 아침이 밝아 오면
시커먼 아궁이 속에 군불 지펴 놓고
시리고 눅눅한 가슴을 데우시던 아버지,
돌아보면 당신의 굽은 그림자만큼이나
사연이 많아 한 질의 책도 어림없다 하시던
쓴웃음 뒤에는 산짐승 울음 숨어 있었지요
서릿발 촘촘히 꽂힌 들길을 나서면
저만치 희끗희끗한 당신의 머리 뒤로
야속하게 쏟아지던 아침 햇살,
무정한 것이 어디 세월뿐이냐며
갈라진 손마디로 시름을 쪼개어
두엄 져 나르던 지게걸음 깊이 묻으시던
아버지, 그 곁에
먹먹한 어머니의 눈물도 기억합니다
머슴살이보다 더 나을 것 없는 노동으로
늘 하루는 부족하고,
단내 나던 숨결 한 고비 잦아들면

해마다 찾아오던 겨울은 왜 그리 길던지요
그래도 한 시절 지나면 우리도 좀
사람다워지겠지, 어쩜 사람 사는 것 같아질 게다
어떻게든 그런 세상 살아 보려니
끼니 걱정 않는 것도 어디냐고 한 구비 돌면
아, 아버지 당신의 땅은 발목 시린 어둠을 묻고
일어설 줄 몰라
손때 묻은 살림 하나둘 흔적을 감추고
닳고 무디어진 쟁기 헛간에 걸리던 날
아버지, 억새처럼 살아야 한다던 당신은
오래오래 할 말이 없습니다

빈방

또 한 해가 지난다
이따금 먼지를 쓸고 닦을 일 외엔
몇 년째 비어 있는 방
어머니 방,
당신의 살아 있는 세포 속에 남겨진
그리움 하나가 지금도
여길 뜨지 못하고 남아 있을까
자식들이 많으면 뭐하냐
핀잔 같은 푸념도 잊은 채
자식 복이 많은 당신의 눈은
오늘도 안부를 묻는다
한 부모 열 자식 거느려도
열 자식 한 부모 못 모신다는
씁쓸한 어머니의 말씀을 늘 경전처럼
되뇌며 산다
며칠째 닫혀 있던 방문을 연다
당신이 저세상으로 가고 나면 쓰라고
몇 번의 실패 뒤 가까스로 만족한

영정사진을 물끄러미 바라본다

말이 없다

빨래

베란다에 쭈그리고 앉아
어머니 옷을 빤다
태어나서 처음으로 어머니 옷을
손빨래한다
곁에 있는 세탁기가 생뚱맞게
쳐다보든 말든 팔을 걷어붙이고
있는 힘껏 어머니 옷을 빤다
그 옛날 어머니 매운 손맛 같은
야무진 데는 없을지도 몰라,
열도 넘는 식구들의 빨래를
때론 가마솥에 삶고
사나운 세월을 방망이로 두들기는
당신의 삶은 으끄러진 빨래판
눌어붙은 추위에도 냇가 얼음 깨고
얼어 터진 손으로
식구들의 입성을 갈무리하시던
그래서
그게 사람 사는 일인 줄 알았던

어머니의 노동을 떠올린다
절은 구정물이 옷감 사이에서
빠져나간다.
어머니의 희디흰 청춘도 그렇게
저물고 간데없다

병상에서

살아서 쓰는 마지막 시간처럼
엄숙한 것이 또 있을지 몰라

흘러내린 환자복이 수의처럼 낯설다
햇살이 비켜선 창가로
때때로 바람이 왔다 가고
비행 구역을 잘못 설정한 흰나비도
황급히 기수를 돌린다

이제 물러설 수 없는 삶의 난간
무엇을 더 기억에서 지워야 할까
무거워진 인연의 끈들이 아직 어지럽다
곁에 둘 수 없는 시간들이
침대 모서리를 돌아 다시 온다

자잘한 근심들이 놓인 창턱에
누가 놓고 갔을까, 햇빛 한 줌
밤새 뒤척이다 책갈피에 꽂아 둔

눈물 하나,
아침이 밝을 때까지 기다릴 수 없어
침대 밑 어둠 속에 감춰 버린다

어느 가을

때 이른 붕어빵 장수에게서
붕어빵 천 원어치를 산다
뜨거울까 반쪽으로 나눠 입으로
호호 불고는 어머니께 건넨다

한 입 베어 물다 말고 어머닌
나머지 한쪽을
아들에게 슬며시 내민다
아무리 어머니 몫이라고 우겨도
기어이 아들 손에 올려 주고는
그제야 또 한 입 드신다

혼자 드셔도 마땅한 양을 떼어
자식들 입에 넣었을 어머니,
콩도 나눠 먹으라고 두 쪽인 게지
터무니없었지만
배곯던 어린 시절 할매도 그랬다

바람꽃

꽃샘추위가 길을 붙드는 새벽
널 보러 선잠 깬
눈을 비비며 산길을 나선다

수북이 쌓인 낙엽들,
그 사이 넌 수줍게
예쁘장한 얼굴로 유혹한다
차마 열지 못한 날 선 그리움이
이만하랴

돌아서는 발길에
부서지는 아침 햇살,
그 자리마다 또 이렇게
봄이 우리 곁에 온다

땅끝 기행

편지를 쓴다
오랫동안 잊힌 그리움들이 활자가 되어
너에게로 간다
잘 지내는지?
그저 그런 안부가 궁금하고
그땐 더디기만 했던 시간들이 지금은
이렇게 아쉽고 가슴 시리다는 걸
너도 나처럼 아프게 깨닫고 있는지
소나무 껍질처럼 무뎌진 나이테를 얹고
오늘은 땅끝에 와 보았다
예전이나 오늘이나 그 바다와 산길은
풋풋한 기억과 떨림으로 그 자리 이렇게
남아 가슴을 설레게 한다
처음 잡았던 손안의 뜨거움과 힘찬 심장의 고동,
어떻게 걸었는지, 무슨 말을 해야 할지
발끝만 내려다보며 걸었던 산길
섬과 섬을 잇는 배들이 부지런히 뱃길을
오갈 때도

밀물과 썰물이 우리 발밑에서
한 번씩 그 자리를 바꿀 때도
우린 끝내 하고픈 말을 하나도 건네지 못한 채
막차가 재촉하는 시간에 쫓겨
널 먼 어둠 속에 주고 말았다
어떤 편지를 써도 그게 다 변명일 수밖에
없는 많은 시간들이 흐르고
우린 잊고 살기에 충분한 세월을 살았다
그래도
그리운 건 그리운 거다

나로도를 지나며

그대를 세상 밖으로 밀어내는 일은
어쩌면 처음부터 많이 힘들었겠지요
하지만 우연히 그대를 만난다 해도
예전 그 마음 오롯이 떠오를 것도 아닌데
나로도를 떠나며 그대를 생각합니다

눈 오는 밤,
그대와의 언약을 위해
수줍고 떨리는 마음 하나로 몇 시간을
그렇게 기다렸지요
차가운 눈발 사이로 이내
밤은 거리의 불빛을 하나씩 지우고
이따금 늦은 귀가를 서두르는
사람들의 뒤를 따라 깊어만 갔지요
그날따라 설레는 마음은
사뿐사뿐 쌓이는 눈이 되고
기다림이 되어 끝내 오지 않은 그대를 향한
그리움을 차곡차곡 덮고 있었지요

골목마다 굴뚝에선 추위를 녹이는 연기가
실타래 풀리듯 피어오르고
이내 통금에 쫓겨 돌아가는 길은 왜 그리
야속하던지

이젠 추억의 저편에서 아무렇지도 않게
살아갈 그대를 떠올려 봅니다
행여 이 그리움이 그대를 향한 길로
더듬더듬 따라가면 어쩌나
저물어 가는 낯선 길을 지나쳐
오늘은 그냥
길손이 되어 갑니다

어느 겨울

옷깃을 여미고 잠시 눈을 감습니다
안타까울 것도 서러울 것도 없는
그런 시간들이 쉼 없이 강물처럼 흐릅니다
손끝에 남은 온기도
가슴속에 남은 뜨거운 언어도
먼 산에 걸린 조각구름입니다
설렘 속에 남은 떨림도
이제 기억 저편으로 낙엽처럼 쓸려 가고
일상에 지친 어두운 그림자가
쓸쓸한 귀가를 서두르는 어느 겨울
건너편 산마루에 저무는 해가
엄마 곁에 붙어 칭얼대는 어린애처럼
안쓰러운 모양을 하고 기울어 갈 때쯤,
그녀는 첫눈이 내리던 하늘로 떠났습니다
지상에서 만난 사람들의 슬픔과 눈물도
그녀를 어쩔 수 없습니다
조금 더 머물러 있기를 간절히 기도했던 시간들이
이제 와서 무슨 소용입니까

차고 나면 기우는 달처럼
들고 나면 빠지는 썰물처럼
세상은 돌고 또 돌고 아무 일도
아닌 것처럼 지나갑니다
그럴지도 모릅니다 정말 우리에게
일어나는 일들이 한 옴큼의 모래알일지도
그래도 어쩔 수 없습니다
마음을 잃는다는 것이
이렇게 오래 아프게 될 줄을
눈에 보이는 것만이 슬픔이 되는 것은 아니고
가슴에 맺히는 것만이 통곡이 되는 것은
더더욱 아니기 때문입니다

쓸쓸한 산길

살아서 만날 걸 그랬다
뭘 하고 사는지 구차한 변명만 늘고
늘 조바심으로 저물던 하루,
오늘은 다 접고 네게로 간다
잡초 우거진 인적 없는 길 따라
바다가 보이던 야트막한 산비탈
그 기억을 더듬어

어설프게 살지 말자던 청춘의 시절
그 다짐 이제야 네 앞에 놓고
뭐라고 한마디 하고 싶은데
하고 싶은 말이 많을 것 같은데
잔을 건네도 받아 줄 이 없으니
이승과 저승의 길이 이리 멀다

우두커니 먼 바다를 본다
지나온 뱃길이 한참을 출렁이다
남은 흔적 없이 스러진다

헛헛한 그리움도 눈길에 부서지고
숨결조차 메마른
저리 우거진 덤불 사이
넌 종일 무엇을 지키고 있느냐
이따금 어깨를 스치는 바람
쓸쓸한 산길

사랑

늘어진 거미줄 사이로
불쑥 찾아온 아침 햇살이
새벽잠에 빠진 이슬을 깨울 때,
부끄럼도 잊은 부스스한 차림으로
네게로 간다

가슴을 닫고
얼마나 많은 밤을 건너야
무심코 잊을 수 있는지,
세상을 다 살아도
정작 이을 수 없는 인연으로 남아
끌리는 마음 지울 길 없대도

마음 따라 온 길 차마 물리지 못하고
떨리는 발길로 서성이다 그만
바보처럼 돌아서야 할 때는
조약돌처럼 야무지게
견디리라 믿고 싶다

지우고 다시 쓴 그 편지
이제 어디에도 없지만,
있는 그대로의 모습조차도
가슴 들뜨게 했던 그 시절의 설렘,
여러 날 앓던 뜨거움으로
다시금 있던 자리로 돌려보낸다

편지를 받다

어느 날,
가슴 저편에 남은 그리움 같은
한 통의 편지를 받다
참 좋다
그대가 있어 세상이 잠시
머물 만한 곳이란 걸 새삼스레
깨닫는다
몸이 멀어지면 마음도 따라
멀어지는 걸
다 안다
그래도 이렇게 머물고 있는
마음 하나 있어 행복하다
삶이 늘 그런 고만고만한 일로
바쁘고 지치고
그러다 시든 꽃잎처럼
빗물에 주저앉아 있을 때
나도 누군가에게
그리운 사람일까

제3부

향일암向日庵 가는 길

해를 따라간다.
굼실굼실 돌아가는 산길을 따라
바다를 향해 모여 앉은 마을을 지나
해를 따라 오른다

바다가 보이는 산길,
더위도 아랑곳없이
또 한 무리 사람들이 줄을 지어 오른다
그곳에 가면
두고 온 인연들에 조금은 자유로워지는 걸까

무성하게 자란 나뭇잎들이 그늘을 만들어
저마다 잔가지를 허공으로 늘어뜨린
산길을 오른다
잰걸음으로 산길을 좇아 오른다
멀리서 뱃고동 소리가 바람에 섞여 오고
할머니는 돌을 주워 탑을 쌓는다

가져갈 그 어느 것도 자유로울 수 없는
이승의 한편에서
그저 이렇게 두 손을 합장하려니
뒷덜미로 날아오는 빛나는 햇살이
너무도 눈부시는구나

그래도 살아서 와 보는 일이
무거운 윤회의 사슬 어디쯤을 더듬어
맺히고 얽힌 한 올의 인연을 푸는 것이라고
믿고 싶은 중생의 어리석은 욕심인지도
모를 일이어서

점점이 빛을 잃어 가는
다도해를
한참이나 찌는 더위도 잊고
물끄러미 굽어보았다

백련사

그 옛날
흰 연꽃이
부처의 미소처럼
머물다 간 자리

오늘은
가눌 수 없는
그리움이 붉은
동백으로 핍니다

겨울, 부석사

모두가 말이 없다 서쪽으로 기울어 가는
해를 따라 잎을 떨구고 선 겨울나무들이
태백의 깊이를 가늠케 할 뿐
저마다 사색의 깊이를 오르내리는지 말이 없다
산과 산 사이로
드문드문 사람의 마을이 먼 길 가는 길손처럼
마주치는 겨울, 동안거의 침묵으로 우릴 맞는
부석사를 오른다
힘겨운 삶에 인연들이 올망졸망 꼬리를 물고
조용히 턱밑에 오는 숨길을 지나 오르는 산길
어쩌다 가지 끝에 매달린 노란 은행잎이
옛 그리움처럼 사람을 반기는 일주문 앞에서
할머니는 빨갛게 잘 익은 사과를 팔고
우리는 몇 닢의 지폐를 뽑아 할머니의 추위를 샀다
해거름의 날 세운 바람 끝이 발아래 부서지고
또 한 겹의 겨울이 산자락을 묻을 즈음,
버리고 가야 할 그 어느 것도 챙기지 못한 채
서둘러 안양루에 오르고 무량수전 앞마당을 질러

행여 봐 두지 않으면 두고두고 서운할 것들은
사진으로 남기며 아미타여래의 미소를 뒤로했다
인적이 끊긴 길들이 우리에게서 멀어지고
정작 한 땀도 깁지 못한 삶의 무게는
밤길을 재촉하는 기러기 무리처럼
적잖이 아득한데, 우린 익숙하게
길들여진 가축들처럼 왔던 길을 되짚어
산을 내려선다

미륵사지에서

바람이 불고 눈이 따라 내린다
미륵산 자락을 지나온 함박눈이 길을 묻는다
커다란 바랑을 등 뒤에 메고
허겁지겁 들을 질러오는 묵언의 그림자 곁에
얼굴 잃고 앉아 있는 석인상을 본다
두런두런 사람의 발소리도 멀어지고
또다시 메마른 빈터를 적시는 눈보라,
시린 귀와 발끝을 쑤시는 추위만큼
너무나 선명한 충격으로 다가선 불멸의 세상,
장엄한 새벽 예불을 알리는 북소리,
비로소 되찾은 천년의 미소는 간 곳이 없고
그 하늘 아래 미륵의 현세여
무너진 석탑의 꿈이여
녹두꽃 짓밟힌 세월 뒤로
허리 꺾인 억새처럼 살다 간 사람들
돌아보면 아직도 그 자리 눈꽃 날리고
어쭙잖은 답사의 눈길만 쓸쓸히 머무는
옛 미륵사지에서

곱살스런 동자승 같은
아이들은 마냥 즐겁기만 하다

초파일

한 해도 거르는 일이 없다
초파일이 오면 어머닌
몇 올 남지 않은 흰 머리칼을
흐린 거울 앞에 앉아 단정히 빗으십니다
그렇게 속세에서 맺은 인연들을 가지런히 놓곤
매듭 굵어진 손마디로 옷매무새를 마무리합니다
길고 긴 어둠의 끝에서 하늘이 열리고
행여 늦을세라
서둘러 가야만 하는 당신의 굽은 등줄기 위로
여명의 줄기가 산을 넘어오면
삶의 깊이만큼 패인 주름살이며
이승에선 다 피울 수 없는 저승꽃까지
어느 것 하나 다시 주워 담을 수 없어도
명주실처럼 엉킨 인연의 실타래를 풀어
허겁지겁 산을 오르십니다
어느덧 희뿌연 물안개 사이로 산사 가는 길이 열리고
며느리 앞세운 모진 시어머니 눈시울엔
세상은 하염없이 야속하고 무정한 것이어서

대웅전 부처님도 무심타시며 울먹이던 날,
그래도 이게 다 정성이 모자란 탓이라며
길섶에서 주운 돌 하나 돌탑 위에 놓고
이리 모질게 살아 있으므로 나무 관세음보살
아직도 이승에 살아 있는 죄 씻으러 가시는 어머니,
당신의 기나긴 염불 끝에서는 지금도
펴지지 않은 인연의 가닥과 눈물이 남아
떨어져 누운 붉은 동백으로 잦아들면
당신이 켜 놓은 연등 빛나던 사이사이
저녁 예불을 알리는 범종 소리 산등을 넘고
이제 당신은
얼마 남지 않은 산길을 긴 그림자와 함께
돌아오고 계십니다

겨울비 오는 내소사

내소사 일주문 앞에서 표를 산다
휴전선이 걷히면 그곳을 지날 때도
우린 관광객처럼 또 표를 살지도 모른다고
혼자 섣부른 생각으로 웃는다

머지않아 출렁거리는 발길이 닿을 것 같은
능가산 바위도 겨울비에 젖어 가는데
뼈 마디마디 어느 한 곳 쑤시지 않았으면 좋으련만
목구멍까지 부어오른 단신을 끌고 왜 하필이면
이곳이어야 했을까
화두를 깨쳐야 할 수도승도 아닌데
날카로운 고통을 데리고 나선 것이냐

설설 끓는 아랫목에 눕고 싶다
아아, 그것도 아니라면 수북이 쌓인 낙엽을
이불처럼 덮고 누워 부처의 자비라도 구하고 싶다
발끝까지 뻗쳐 오는 찬 기운을 온몸으로 싸안고
곧게 자란 전나무 숲길을 지난다

벌써 중년의 티가 나는 마누라 친구들 곁에서
어금니를 깨물며 겨울 내소사의 낭만을 주고받는다
그래 아직 살아 있으므로
살아 있으므로 고통도 아름다운 것이리라

간간이 옷깃을 적시는 겨울비
옅은 물안개를 이마에 단 잿빛 하늘을 올려다보며
오늘 같은 날은 함박눈이라도 펑펑 내려
발목까지 차오른 눈길을 걸었으면 싶다고
앙증맞은 입술을 달싹이는 마누라 친구들 곁에서
흔들리는 고통으로 나무 관세음보살,

천년을 버텨 온 팽나무 곁에서 기념사진을 찍는다
대웅보전의 아름다운 창살도 함께 찍힐까
능가산 바위 모서리라도 찍히는 걸까
다시 태어나서 찾아온다는 겨울 내소사에서
고작 우린 언제 지워질지 모르는 헝클어진 발자국과
몇 장의 사진을 남기고 내려간다

보림사를 거닐다

장대비가 내린다
지나온 발자국이
짬도 없이 빗물에 쓸린다
지나온 흔적을 묻어 버린
말끔히 단장된 옛 절터 위에
곱게 차린 대웅전의 단청이 새롭다
주먹밥을 건네며 함께 지키자던
때 묻지 않은 맹세는 이곳 어딘가에
작은 염치라도 남긴 걸까
사천왕의 부릅뜬 눈이 살아 있다
누군가 다가와 길을 물을 것 같은
낙숫물 소리가 절간을 휘감는다
그런데 다들 어디로 숨어 버린 걸까
시원한 물 한 모금 입 안에 넣고
비로자나불의 미소를 따라 대웅전 앞에 선다
백일홍 붉은 꽃잎이 빗물에 진다
지금도 누군가는 길을 묻고
결가부좌를 틀고 중생을 바라보는

여래의 미소는 여전히 묵언 수행 중일까
저녁 예불을 알리는 목탁 소리
천 년 전의 꿈도 삼층 석탑으로 남아
눈길을 붙드는데, 속세의 저편으로
비자나무 숲길은 산을 오르고
빗속을 따라온 길이 여기 멈춘다

가을 산행

가을이 그리다 둔
산을 오른다

산길을 따라 오른다
아직 멋쩍게 푸른 잎들이
계절을 잊은 채 걸려 있다
살아온 세상보다 살아갈 세상이
두려움이 되는 건 이제 나이 때문인가
에둘러 말하지 않아도 될 것 같아
몰래 눈길을 돌린다

찬 기운 서린 비탈을 따라
번거롭지 않아 좋은 산길을 간다
세상에 베인 가슴속 멍울일랑
먼저 누운 낙엽 아래 묻어 두고
혼자라서 더 고즈넉한
숲길을 쉬엄쉬엄 내려간다

노을 속으로 해는 저물고
마을로 돌아가는 길은 어두운데
어디쯤 와 있을까 내 하루는
눈에 넣어 둔 맑은 하늘 한 장
꺼내 마루를 닦는다
훌훌 털고 일어나
서둘러 불을 켠다

월남사지

흔적만 남은 절터,
아주 오래된 기억에서 사라진
풍경 소리 하나
삼층 석탑 모서리에 걸려 있고
능소화 붉게 핀 담장 너머로
월출산 바위 끝도 비에 젖는데
눅눅한 바람결에 울음으로 맴도는
목어 두드리는 소리,
힘겨운 산길이 숲속으로 멀어지고
이따금 낯익은 풀벌레들이 제풀에 놀라
꽁무니를 숨기는 늦여름 오후,
빛바랜 가족사진처럼
단정히 혹은 옹기종기
한 장의 사진을 가슴에 얹고
길을 따라 총총히 멀어져 간다
돌아보면 한 줌도 안 되는 욕심에
눈이 멀고
맘에 없는 언어로 얼굴 붉히며

이렇게 살다가 가는 것이 아닌가 싶어
길가에 아무렇게나 버려진
기와 조각 한 장
조심조심 절터에 옮겨 두었다

서울 길

겨울을 코앞에 둔 마을은
이따금 앞산을 질러온 햇살이
허기진 뜰 안을 서성일 뿐 잠잠하다
한 집 건너 빈집
팔팔한 젊은이라곤
눈 씻고 찾아도 없다
마을 청년회 회장님 내일모레 일흔
쌀농사 지켜보겠다고 또 서울 간다
아침 끼니도 거른 채 나서는 새벽
오싹한 한기가 귀를 훑고 지난다
지킬 수 없는 논과 밭에선
놓을 수 없는 일손으로 날이 저물고
노루잠을 설치며 아침은 밝았다
밥풀 하나도 허투루 하지 말라던
잔소리 많던 할머니도 떠나고
배고픈 거지도 없으니
밥이 하늘이던 세상도 이젠 끝난 것일까
동구 밖 언저리 몰래 부려 두고 싶던

그 뜨거웠던 여름날의 노동을 기억하며
이웃들이 새벽 전세 버스에 올라 서울로 간다
서울 길을 따라 머리띠를 묶는다
앉아서 볼 수만 없다고 볼을 붉히던
마을 앞 늙은 당산나무만
우두커니 동네를 지키고 있다

길

사는 일이
어느 것 하나 만만치 않아도
비틀거리며 걷지 마라
무섭게
날 저물어 우리 걸어온 길이
어둠에 묻혀도 그 길로 가는 이
또 있으니

제4부

까치밥

까치가 한 마리 훌쩍 날아와
앉는다
감나무 가지 끝 어딘가 네가 봐 둔
발그레한 홍시 하나,
잘 익은 가을 햇살이 주춤주춤
내 곁에 와서
곁눈질을 하다 까닭 없이 스러지는
가을날,
우린 이 가을 무엇을 남겨야 할까
우두커니 빈 하늘만 보다
애꿎은 까치만 쫓아 버린다

화단의 쇠뜨기

나른한 오후, 햇살이 비켜선 운동장 가에
실타래 풀리듯 바람이 일더니
금세 어린 플라타너스 잎들이 손사래를 친다
6교시 끝 종소리와 함께, 책장을 덮은 아이들이
우르르 청소 시간을 알린다
자, 호미나 삽을 들고 나오너라
화단의 쇠뜨기를 뽑아야 하니까
언제부터인가 조금씩 화단을 점령하기 시작한
쇠뜨기는 급기야 제 영토임을 선언하고
곳곳에 지네발 같은 생명의 촉수를 꽂으며
선전 포고를 한다
살아 있는 것이란 모두 이렇게 저마다 질긴
생명의 끈을 감춘 탓일까
삽날만큼 깊이 파들어 간 땅속에서도 그 뿌리를
캐내지 못하고 지친 아이들은 그만
몰래 흙을 덮는다 나도 눈을 감는다
어둠뿐인 땅속을 지나 몇 잎의 햇살과
몇 모금의 바람을 맞으며 비로소 생명으로 떠오른

쇠뜨기도 우리와 함께 살아야 할 이웃인지도 몰라
화단의 이방인 쇠뜨기를 뽑으며
우리는 짧은 청소 시간에 감사한다
지친 호미를 휘휘 내저으며 교실로 가는
아이들의 뒷모습이 오늘따라 유난히
커 보이는 것도 길고 오랜 어둠을 헤집고
기어이 머리를 디밀고 마는
쇠뜨기를 닮은 탓이었나 보다

어느 봄날

코끝을 스치는 꽃샘추위가 채 가시지 않은
그해 봄,
네 친구들은 어느 때와 다름없이
가방을 들고 새 학기의 설렘과 두려움 속으로
빨려 들어왔지만,
끝내 네 자리는 주인 잃은 빈 시간을
뿌연 먼지만 날아와 지키고 있었다
가난을 이성보다 먼저 알아 버린
사춘기 소녀답지 않던 너는
선생님의 전라도 사투리만 들어도 깔깔대던
그런 친구들과는 너무도 다른 아이었다
무엇보다도 배움이 필요하단 걸
넌들 모를 리 있겠느냐
이 마을 저 마을 품앗이로
먼지를 달고 돌아오는 아비의 고단한
일상을 그저 스쳐 가는 풍경으로 바라보기에는
너무나 큰 아픔이었을 거다.
우환이 깊어 갈수록 인간은 단련되는 것이라더냐

마지막 남은 학년의 마무리를 끝내 포기한
네 가난을 이 땅의 그 누가 속죄한다고 한들
인간은 빈곤으로부터 자유로워야 한다는
허울 좋은 교과서의 진실 속에 더 이상 널
가두어 둘 수 없었다
졸업장만이라도 선물하고 싶던
못난 담임의 발길 위에 네 조국의 현실은
교육은 누구나 받아야 할 평등한 권리가 아니라
누구나 넘을 수 없는 벽이었다
용서하여라
그저 몸 성히 잘 지내야 한다
그런 작별 인사도 없이 널 보내고
또 우린 아무 일이 없었던 것처럼
네가 앉았던 자리를 메워 버렸다
그 뒤로 아무도 네 안부를 묻지 않았다
네 친한 짝꿍마저도

망월동 옛 묘역

바람도 들르지 않는
그늘 한 점 없는 불볕 아래
오로지 빛바랜 추억의 사진과
몇 줄의 사연만이 흐린 비문 속에
남아 있었다
죽음의 새벽을 지키던 깃발도
더는 나부끼지 않는 하늘
움츠리지 말고 함께 가자던
청춘의 시절도 발 묶인 이곳
아픈 다짐과 메아리 없는 구호들이
덩그런 몸짓으로 발길을 붙드는
망월동 옛 묘역에서
그리움으로 노여움으로 흘린 눈물
오늘도 제단 위에 올려놓고
오월의 이름을 다시 부른다
해방의 오월을 다시 만난다
짙은 어둠에 행여 길을 잃을까
거침없이 타오르는 들불이 되어

갈라진 대지를 지키는 뭇별이 되어
그대 홀로 가지 않았단 걸
한순간도 잊은 적 없다

무명열사의 묘

어찌 이 땅
살아 있는 이들에 이름이 없으랴
그것이 개똥이든 아니든

떨리는 두 손으로 소주 한 잔,
당신 발끝에 부어 놓고
참 많이도 흘러간 반역의 세월 앞에
부릅뜬 눈빛으로 다시 선다

그 흔한 이름조차 없는
가난한 당신의 영토 위엔 어느새
탐스런 풀잎들이 새로 자라고
아침 이슬처럼 투명한 기억 속엔
얼크러진 군홧발 아직 생생한데

다시는 오지 말아야 할
그 야만의 새벽을 넘어
눈부신 대동세상으로 다시 오리니

기필코 되찾은 오월의 광장 위에
그대 이름도 함께 새긴다

민주의 이름으로
해마다 이렇게 오월이 오면
끓는 피 속에 콸콸 용솟음치는
그대
무명 열사여!

다짐

어둑한 새벽 공기가 알싸하다
겨울 맛이 나는 새벽길을 나선다
길 잃은 낙엽들
한 시절 그 아름다운 존재감도
부드럽고 넉넉한 인심도 모두 잃은 채
갈피를 잡지 못한다
우리도 언젠가 저와 같아서 슬프리라
그러나 씩씩하게 가려 한다
조금은 춥고 얼얼한 바람이 우리의 길을
더디게 하거나 아프게 하리라
따뜻한 아랫목 기억이 우릴
잠시 망설이고 지치게 할 것이다
시장기를 멈출 수 없게 하는 달달한
유혹이 또 우릴 머뭇거리게 할지도 모른다
방심하지 마라 그리고 각오하라
두드려도 열리지 않는 문 앞에서
두려운 건 너도나도 마찬가지리라
겁먹지 말자 우릴 옥죄는 추위가 깊어진다

깊은 눈보라가 우릴 묻게 될지도 몰라
앞을 가늠할 수 없는 검은 고통이
우릴 무릎 꿇게 할지도 모른다
그러니 눈을 감아서는 안 된다
짙은 어둠의 끝에서
아침은 소리 없이 밝아 오지 않느냐
그러니 부릅뜬 눈으로
두 주먹 불끈 쥐고 가자

민들레

이 땅에 엎드린 이름 없는 넋들이 살아
살아 앞서거니 뒤서거니 돌아오는구나
더 이상 기댈 곳 없는 개미들 논둑에도
뱃길마저 막혀 버린 구강포 나루에도
모두들 저마다의 이름을 외치며
기어이 떼로 몰려 일어서는구나
우리가 대문을 걸어 잠그고
추위에 떨며 이불을 끌어당길 때
실낱같은 뿌리로 언 땅을 가르며
네가 이 봄을 밀며 끌고 오는 걸
우린 이렇게 까맣게 잊고 있구나
한 줌의 햇살도 한 모금의 물도
사무치게 그립던 견딜 수 없던 겨울날
눈부신 햇살 아래 봄날을 찾아
부스스한 얼굴 내밀고
겨우내 얼어 터진 눈시울을 부비며
어김없이 너는 온다

촛불, 길을 열다

바람이 불면 꺼질 거라던
그 촛불은 보아란 듯이
거리로 나서지 못한 사람의 몫까지
밤을 가로질러 타오른다
이미 골목에, 거리에, 광장에,
무리 지어 움직이는 사람들 손에
꺼지지 않는 횃불로 출렁인다
성난 군중의 머리 위로
불쑥 깃발이 솟는다
야무지게 빛나는 눈동자가
광장의 어둠을 밀어낸다
부모와 함께 온 아이들의 함성이
더욱 우릴 소스라치게 한다
기나긴 어둠의 앞쪽에 새벽이 오고
서서히 사람의 물결이 꿈틀거린다
분노와 마주친 불빛이 길을 열고
그 길을 따라 사람의 노래가 울려 퍼진다
되찾은 역사의 거리에

욕심

열 평도 안 되는 텃밭에
가을 농사를 짓는다
배추에다 무도 심는다
첫 농사에 대한 기대를 햇살에 담아
한 포기 또 한 포기 제법 그럴싸하다
괜히 혼자 흐뭇해서 웃는다
잘만 하면 된서리 오기 전 탐스런
배추 속도 튼실한 무도 보게 되리라
나름 소박한 욕심을 낸다
마른 땅에 알아서 물도 주고
이따금 싱싱한 잎을 먹어 치우는 벌레도
잡아 농약 없이 키워야지 한다
그래도 가끔은 까닭 없이 시들거나
움츠러들 때는 초보 농사가 그렇지
주인을 잘못 만나 저 고생하나
괜스레 무안하고 미안하지만
첫술에 이만하면
이 가을이 넉넉하지 않은가!

행주를 빨다

간밤에 미뤄 두었던 설거지를 한다
식구라야 고작 아내와 나,
씻을 그릇 많지도 않은데
아내가 하겠거니 모른 체하기가 일쑤다
사람 일이 꼭 이렇다
내가 아니어도 누군가 하겠거니
명색이 학생들을 가르치는 내가
하나도 손해 볼 일이 아닌데
숙제를 해 오지 않은 아이에게는
따끔한 야단을 치면서도
내게는 너무 관대하다
그래서 오늘도 이렇게 설거지를 한다
아무나 해도 될 일이기에
이제 마땅한 내 일처럼
지난밤 밀린 일로 자정을 넘긴 아내가
세상모르고 자는 모습을 본다
야속한 아침이 또 찾아온다
기다릴 것이 없이
우리의 식탁을 닦을 행주를 빤다

끼니

언제부터였을까
밥 짓는 일이 드문드문하더니
요즘은 밥통에 담긴 밥이 몇 날 며칠
온기만 간직한 채 가맣게 식어 간다
배부른 소리라고 할 수조차 없는
이 간절한 모순이 하루하루
먼지 쌓인 식탁으로 둔갑한다
함께 먹어 줄 식구가 없는
겨우 한 끼를 챙겨 먹기 위해
수고한 노동이 너무 사치스러운 걸까
차릴 밥상도 마땅치 않는
온기가 사라진 그릇들이 찬장을 지키고
국과 찌개를 끓이던 냄비도 먼지가 쌓인다
시장기를 부르던 옆집 된장찌개,
사립을 밀치기도 전에 흐뭇하게 다가오던
밥 짓는 냄새, 그 안에 손맛을
꾹꾹 눌러 담으시던 어머니의 모습도
씁쓸한 그리움으로 남는 오늘은

양은 냄비에 한 줌 쌀이라도 안치고
굳다 만 된장일랑 한 수저 풀어
국이라도 끓여야 할까

둘째 형님 칠순 날

자식들이 칠순 잔치를 차렸다
내심 좋아하던 기미를 감추고 별일 아닌 듯
형님은 애써 태연한 척했다
예순도 적잖은 나이려만
형님도 남들처럼 무슨 회갑 잔치냐고
덩그러니 생일상만 받던 날
호기롭게 칠순 때나 이웃사촌 불러
마을 잔치 벌이자고 수줍게 웃었다
푸짐하게 차려질 음식에 군침을 다시는
소문이 동네방네 돌고
목에 때를 벗기자고 벼르는 사람들에게
염치 좀 있으라고 타박을 했지만
그건 그냥 웃자고 하는 소리였다
정말 오래 살아야겠다고 불콰한 얼굴로
호탕해 하던 사람들도 하나둘 떠나
마을엔 이제 잔치를 벌여도
반갑게 찾아 줄 이웃이 없으니
핑계 좋게 가족들만 모여서 잔치를 했다

자식들이 정성껏 마련한 보기 좋은 음식들이
넉넉하게 우리의 허기를 채울 것 같았던
둘째 형님의 칠순 잔치는 조촐하게 끝났다
뭔가 마무리 짓지 않으면 오래 서운할 그런
자리를 파하고 돌아서는 발길에
긴 그림자가 함께 가자고 따라나섰다
오래 살아서 다행인 형님과
오래 살아야 할 자식들이 서로의 안부를 남기고
제 갈 길을 되짚어 떠났다
지금은 오래 살아서 행복한 걸까
오래 살아야만 행복한 걸까

김장

식구가 줄면서 김장을 담그는 일이
해마다 시큰둥해진다
품앗이 일손도 부를 일 없는
한 평 남짓한 아파트 베란다에 쭈그리고 앉아
실하고 오동통한 배추를 둘로 나눈다
쪼개진 틈으로 하얀 배추의 속살,
뭔가를 훔쳐본 듯한 이 설렘에
슬쩍 입맛을 다신다
한 지붕 아래 늘 복작이며 살 것 같던
피붙이들마저 없는 고향엔 누가 남아
올해도 김장을 할까
알맞추 양념 간을 하던 아내가
참 할 일도 없지, 별 걱정을 다하네
타박을 한다
불 꺼진 아궁이에 불씨를 넣듯
싱싱한 배춧잎 사이에 소금을 넣는다
김장의 절반이 끝난 날,
뿌듯하고 든든한 마음 대신

뜯어낸 배추의 겉잎처럼 후줄근하다
그래도 넘치지 않을 만큼 양념을 버무려
침샘을 자극하는 입안에 넣으면
알싸하게 번지는 흐뭇함,
그렇게 춥고 허기진 우리의 식탁은 언제나
남부럽지 않았다
이제 할 일을 끝낸 물건들을 치운다
다시 쓸 일 없는 천일염도 구석에 놓는다
오래 둘수록 맛깔스런 그런 일이
또 어디 없을까

벌초

중늙은이가 다된 둘째 형님과
만날 하던 대로 올해도 벌초하러 간다
날 더우면 힘들어야 하는 말을 따라
이른 아침 이슬을 털며 가는 길,
인적조차 드문 마을 뒤로
아침 햇살만 푸짐하다
이제 살아서 몇 번을 더 갈 수 있을까
우리도 떠나고 나면 이렇게 이른 아침
우리처럼 벌초 갈 사람 있을까요?
모르면 몰라도 그런 일은 없을 게다
행여, 그런 기대는 말자
헤아리지 않아도 뒷날이 허전한데,
그나마 셋째 형님이
이번에는 직장 일로 올 수가 없다니
두 몫을 해야 하는 둘째 형님의 뒷모습이
오늘따라 쓸쓸하고 짠해 보인다
그래도 아직 이 길을 따라
돌아 오는 햇살이 열어 주는 길을 따라

이렇게 앞서거니 뒤서거니
아직 갈 수 있음을 감사하나니,
인기척이라곤 눈 씻고 찾을 수 없는
한적한 산길을 넘어 벌초하러 간다

퇴근 무렵

바람 끝이 제법 맵다
술추럼이라도 하고픈 날이다
딴은 뜨끈한 술국에 막걸리 한 사발
들이켜고 싶은 그런 날,
맨송맨송한 얼굴로 퇴근길에 나선다
얼마 남지 않은 햇살이
산그늘에 몸져누운 길을 따라
집으로 간다
움츠러드는 어깨를 펴고 하늘을 본다
도대체 어디쯤 온 걸까
벼들이 콤바인 날에 싹둑 잘려 간
텅 빈 들을 물끄러미 본다
잘 살고 있냐고 안부도 묻고 싶은 그런
그리움이 이마에 와 차갑게 부딪친다
별일 없느냐고 누군가 어깨라도 툭 쳐 주었으면
하는 그런 바람은 불온한 것일까
씁쓸한 입맛을 다시며
동네 어귀에 들어선다

아까부터 귀찮게 뒤를 미행하던
그림자도 어느덧 자취를 감추고 없다
어둠이 내려앉은 밀도를 따라
하나둘 가로등이 켜진다

고독사

쓸쓸하게 살다가
외롭게 죽는 일이 이따금
세간에 나오면 괜스레
마음 한 판이 어디쯤 흔들려
하염없이 무너져 내린다

사람답게 살기도 어려운데
존엄하게 죽을 권리도 없는
참 몰인정한 나라라고 하면 너무
주제넘은 말로 들릴까
뒤치다꺼리나 하는 연민이여

기삿거리도 되지 못한 채
한 점으로 사라져 가는 영혼들이
짠한 삶의 난간으로부터
한 발 비켜서게는 할 수 없을까

홀로 지내는 방구석에서

아무도 모르게 저렇게 세상을
하직하는 일이 어쩜
남 일이 아닐지도 모른다

흰 연꽃에서 붉은 동백의 마음을 읽는 사람

정양주 시인

1.

브라이언 콕스 등이 쓴 『경이로운 우주』를 보면, 뉴튼의 중력 법칙이 아름다운 것은 블랙홀 같은 특별한 영역을 제외하면 중력 법칙이 우주의 모든 곳에서 똑같이 적용되고 그 작용하는 힘을 나타낸 방정식이 단순하다는 점이라고 한다.

중력은 모든 물이 바다에 모이게 하고 대기가 우주 공간으로 날아가지 않도록 붙잡아 준다. 중력이 있기에 비가 내리고 강물이 흐르고 해류가 이동하고 날씨가 바뀐

다. 화산이 용암을 내뿜고 지진으로 땅이 갈라진다. 그러나 중력은 우주에 작용하는 네 가지 힘 중 가장 약한 힘이다. 단순하면서도 어디서나 존재하는 이 약한 힘이 우리가 우주로 날아가지 않고 땅 위에 서 있게 한다.

김부수 시인의 시를 읽다가 느닷없이 중력을 떠올렸다. 독특하거나 새롭지 않지만 주위에서 만나는 느낌을 평생 또박또박 써 오고 있는 근원의 힘은 무엇일까? 눈에 보이지 않는 먼지에서 조그만 돌멩이 그리고 우리가 사는 지구를 비롯한 뭇별까지 질량을 가진 물체들이 무조건 서로를 끌어당기는 중력처럼 삶이 기록할 가장 중요한 이야기는 바로 자신의 가장 가까운 곳에 있고 시인은 그 이야기를 성실하게 기록하는 사명감을 느끼고 있는 것으로 보인다.

시인을 고향 강진에 묶어 두고 있는 이유도, 60여 년 동안 응시하던 그 땅이 시인의 삶 전체에 이렇게 강한 힘을 발휘하는 이유도 마찬가지이다.

태어나고 자라고 살아가는 곳이 고향 강진인데 오래 떠나 지낸 적도 거의 없으면서, 거기서 살면서, 앞으로도 살 예정이면서 왜 이렇게 그 풍경을 안타깝게 바라보고 상실감을 느끼고 있을까? 딱히 고향을 지키자는 소명 의식을 느낀 것이 아니라 다른 곳에 살 이유가 마땅히 없었다는 고백을 듣다가 어쩌면 시인이 인식하지 못하는 사이에,

고향에 대한 애정이 삶 전체를 끌어당기고 있다는 생각이
들었다.

2.

시인에게 고향은 주소나 장소의 개념이 아니다. 시인의
고향은 마음만 먹으면 한달음에 갈 수 있어 물리적 거리
로는 매우 가까운 곳이다. 문제는 심리적 거리감이다. 시
인은 퇴락해 가는 고향 마을과 고향 집을 수시로 마주친
다. 그래서 고향에 살면서 고향이 지워지는 안타까운 모
습을 보아야 한다. 차라리 눈에서 보이지 않는다면 잠시
잊을 수도 있는데 그럴 수가 없다.

> 굳게 걸린 녹슨 자물쇠,
> 지문 감식도 되지 않을 오랜 세월이
> 햇살 아래 새침하게 앉아 있다
>
> — 「빈집」 전문

이제 고향 집은 비어 있다. 다시 돌아와 살 사람을 기다
리는 모습이 아니라 소멸을 향해 열려 있다. 그 집은 떠올

리기 벅차도록 많은 지난 세월의 삶과 이야기가 들어 있는데 다시는 그 이야기를 않겠다는 표정으로 새침하게 앉아 있다. 자물쇠를 걸던 사람의 지문도 진즉 사라졌다. 시인은 집이 자신에게 쌀쌀하게 대하는 모습에 속이 상한다. 다시 돌아와 살 수 없는 집을 둘러보는 걸음이라 집이 새침하게 앉아 있다고 느낀다. 한 몸이었던 집이 멀어져 가도 잡지도 못하고 변명도 못 하고 그저 배회할 뿐이다.

저문 강을 거슬러
마을 앞 미나리 방죽에
한 소쿠리 어둠이 풀리면
앞산 등에 업혀 칭얼대던
보름달 데리고 마실 돌던 곳

오래된 지붕 너머로 연기 솟고
부뚜막 위에 걸린 남폿불
어둠을 걷어 내면 그 아궁이에
허기진 군불 타오르던 곳

돌부리에 걸려 넘어져도
생채기에 남아 있는 흙먼지를 닦으며

훌훌 털고 일어나는 법을
울음보다 먼저 알아 버린 곳

어딜 가도, 어디에 있어도
손톱 밑에 박힌 가시처럼
아프게 간절하게 살아 있는

-「고향」 전문

　어디에 있어도 아픈 모습으로 기억되는 고향. 혼자서
사는 법을 배운 곳. 보름달 따라 마을 길을 혼자 오가는
외로움을 가르친 고향이다. 이는 시인이 윗동네에도 아랫
동네에도 속하지 않은 동네의 중간 외딴집에서 자란 탓일
지 모른다. 그런데 내가 외로움을 배우고 혼자서 쓸쓸해
하던 모습을 지켜보던 동네 집들이 하나씩 소멸해 간다.
기억하는 풍경이 허기지고 아프고 외로워도 내 존재의 근
원이 사라지는 모습은 짠하다. 농촌은 수십 년째 빈집이
차곡차곡 쌓이다가 이제 그 빈집마저 풍화되는 과정에 있
다. 이 동네가 없어지면 친구 부모 형제와 함께 기억을 떠
올릴 매개물을 잃어버린다. 삶의 기억을 잃고 함께 견디
던 사람들을 잃게 된다. 시인이 고향으로 가는 발길이 바
쁠 수밖에 없다.

너무 늦은 건 아닐까
단내 나는 발길이 두렵다
잘 익은 낙엽들이
시린 엉덩짝을 들썩이는 오후
무너진 돌담장 사이
살갑게 부를 이름 몇 남지 않은
서먹한 고향 마을
반겨 줄 곳 없는 나그네 되어
저린 오금 달래며 고향으로 간다
여름이면 한 뼘도 그늘을 늘이지 못하던
동네 앞 느티나무 아직 그대로일까

마을로 들어가는 길 위에 선다
먼발치 마중 나와 이제나저제나
기다린 이웃 없는
군내 나는 고향으로 간다

− 「귀향」 부분

　기다리는 사람이 없다는 것을 알면서도 늦을까 조바심
을 내고, 성장을 멈춘 동네 앞 나무가 아직 무사할지 걱정
하는 마음으로 살아가는 예민함은 시인의 천성이다. 시인

에게 고향은 집이 아니다. 마을의 풍경이 아니라 그 속에
살던 사람들의 이야기이고, 배고프고 춥게 살면서도 서로
를 끌어안아 주려고 했던 따뜻함이다. 그 이야기를 기억
하고, 따뜻함을 다시 느끼고 싶지만 이미 그럴 수 없게 된
고향이다.

이미 농촌 마을은 산소호흡기에 의지하고 있는 중환자
신세다. 교사 생활 대부분을 농촌에서 보낸 터라 학생 수
가 급격하게 줄어들며 농촌이 사라지는 과정을 가장 가까
이서 보고 있기에 상실감이 더 커진지도 모른다.

도시 아파트에서 자란 요즘 아이들은 고향이라는 단어
를 거의 사용하지 않는다. 옆집 윗집 아랫집 사람들의 이
야기를 알지 못하고, 학교를 함께 다니는 친구들이 수시
로 바뀌고 공유하는 기억이 적기 때문이다. 이런 세태 속
에 몇 남은 이웃과 무너져 가는 돌담장을 보기 위해 시인
은 저린 오금을 달래며 오늘도 조바심을 내고 있다.

3.

고향의 이야기는 당연하게 육친들과 연결된다. 세상 누
구나 부모가 있지만 그 부모의 삶을 들여다보며 살 수 있

는 세대가 끝나고 있어 육친의 이야기가 더 가슴을 친다. 시인이 아버지를 떠나보내고 어머니와 이별을 준비하는 태도는 참 담담하다. 그 담담함이 더 큰 안타까움을 느끼게 하는 이유는 부모의 말을 늘 되뇌며 살아가는 모습이 있기 때문이다.

몇 년째 비어 있는 방
어머니 방,
당신의 살아 있는 세포 속에 남겨진
그리움 하나가 지금도
여길 뜨지 못하고 남아 있을까
자식들이 많으면 뭐하냐
핀잔 같은 푸념도 잊은 채
자식 복이 많은 당신의 눈은
오늘도 안부를 묻는다
한 부모 열 자식 거느려도
열 자식 한 부모 못 모신다는
쓸쓸한 어머니의 말씀을 늘 경전처럼
되뇌며 산다
며칠째 닫혀 있던 방문을 연다
당신이 저세상으로 가고 나면 쓰라고

몇 번의 실패 뒤 가까스로 만족한

영정사진을 물끄러미 바라본다

— 「빈방」 부분

어머니는 지금 요양병원에 있다. 난방이 잘된 요양병원
에서도 발이 시리다는 어머니를 위해 양말을 사드려도 고
향 집 갈 때 신겠다고 따로 넣어 두는(양말 세 켤레 부분
인용) 어머니는 빈집에 영정사진만 남겨 두었다. 이렇게
오래 헤어짐을 준비할 수 있으면, 빈방이라도 어머니를
기다리고 있으면 아쉬움이 줄어든다. 여러 자식이 한 부
모를 모시지 못하는 일이 흉이 되는 시대도 지나갔다. 그
래서 시인은 스스로 자책하는 모습보다는 부모님의 모습
을 가슴속에 깊이 새겨 놓고 그 말씀을 되뇌며 육친과의
이별을 받아들인다.

그 옛날 어머니 매운 손맛 같은

야무진 데는 없을지도 몰라,

열도 넘는 식구들의 빨래를

때론 가마솥에 삶고

사나운 세월을 방망이로 두들기는

당신의 삶은 으끄러진 빨래판

126

눌어붙은 추위에도 냇가 얼음 깨고
얼어 터진 손으로
식구들의 입성을 갈무리하시던
그래서
그게 사람 사는 일인 줄 알았던
어머니의 노동을 떠올린다

─「빨래」부분

그래도 한 시절 지나면 우리도 좀
사람다워지겠지, 어쩜 사람 사는 것 같아질 게다
어떻게든 그런 세상 살아 보려니
끼니 걱정 않는 것도 어디냐고 한 구비 돌면
아, 아버지 당신의 땅은 발목 시린 어둠을 묻고
일어설 줄 몰라
손때 묻은 살림 하나둘 흔적을 감추고
닳고 무디어진 쟁기 헛간에 걸리던 날
아버지, 억새처럼 살아야 한다던 당신은
오래오래 할 말이 없습니다

─「아버지」부분

육친의 삶이 무엇인지를 묻는 일이 시인에게는 자신이

사는 이정표를 세우는 일로 보인다. 그래서 어머니의 옷을 빨며 어머니의 노동이 삶의 의미임을 새기고, 조금 더 넉넉한 생활을 바라던 아버지의 희망이 발목 시린 어둠에 묻혀 이루어지지 않았어도 억새로 피어나는 아름다움으로 인식하고 있다. 이렇게 시인은 계속 부모와 함께 살고 있다. 서로를 당기는 힘으로.

4.

이 시집 속에서 절터를 찾는 시가 여러 편이다. 한두 편을 제외하면 혼자 찾는 걸음이다. 이 절터를 찾는 일이 종교와 무관하다. 그렇다고 구도와 영 먼 이야기도 아니다. 삶의 모든 과정이 깨우침을 얻어 가는 과정이고 다시 그렇게 얻은 깨달음을 잃어 가는 일이라는 인식이 바탕에 흐른다. 조용하게 세상을 탐구하며 성실하게 발자국을 디디며 사는 시인의 성품이 그대로 드러나고 세상을 대하는 자세를 보여 준다.

그래도 살아서 와 보는 일이
무거운 윤회의 사슬 어디쯤을 더듬어

맺히고 얽힌 한 올의 인연을 푸는 것이라고
믿고 싶은 중생의 어리석은 욕심인지도
모를 일이어서

－「향일암(向日庵) 가는 길」 부분

인적이 끊긴 길들이 우리에게서 멀어지고
정작 한 땀도 깁지 못한 삶의 무게는
밤길을 재촉하는 기러기 무리처럼
적잖이 아득한데, 우린 익숙하게
길들여진 가축들처럼 왔던 길을 되짚어
산을 내려선다

－「겨울, 부석사」 부분

   산사를 찾는 일이 한 인연을 푸는 일이라면, 산사를 내려오는 일은 길든 가축으로 돌아오는 일이라는 깨달음은 우리 삶이 늘 피안과 차안 둘 속에서 오가는 과정이라는 깊은 인식을 툭 던져 놓고 있다. 그러기에 시인의 걸음이 닿는 곳은 집 근처의 절터일 때가 많다. 멀리 이름난 곳이 아닌 가까운 곳, 혼자 천천히 걸어가 한참 앉아 이런저런 생각을 나누다 돌아올 수 있는 곳에 간다. 피안이 거기 있다고 하여도 지금 여기서 살아가야 한다는 점을 분명하게 드러낸다.

> 그 옛날
> 흰 연꽃이
> 부처의 미소처럼
> 머물다 간 자리
>
> 오늘은
> 가늘 수 없는
> 그리움이 붉은
> 동백으로 핍니다

−「백련사」 전문

부처의 미소가 머물었던 자리라도 시인에게는 붉은 동백의 그리움이 더 강하게 피어난다. 아무리 연꽃을 닮고 싶어도 이 붉은 그리움을 다 토해 내지 않고서는 갈 수 없다고 이야기한다. 아니 현재의 백련사는 동백꽃이 더 아름다운 곳이다. 보이지 않는 흰 연꽃에 도달하기 위해서 여기 가늘 수 없는 붉은 마음을 다 드러내야 건너갈 수 있다는 것을 알고 있는 시인이기에 늘 가까운 곳, 이웃 사람들에게 시선을 두고 있다. 그 시선 끝에 얻은 깨달음이

'까치밥'과 같은 환한 아름다움으로 피어난다.

> 까치가 한 마리 훌쩍 날아와
> 앉는다
> 감나무 가지 끝 어딘가 네가 봐 둔
> 발그레한 홍시 하나,
> 잘 익은 가을 햇살이 주춤주춤
> 내 곁에 와서
> 곁눈질을 하다 까닭 없이 스러지는
> 가을날,
> 우린 이 가을 무엇을 남겨야 할까
> 우두커니 빈 하늘만 보다
> 애꿎은 까치만 쫓아 버린다
>
> — 「까치밥」 전문

　시인은 자신이 가을날 무엇을 남길까 사색하는 일이 한 끼 밥을 먹기 위해 조심스럽게 앉은 까치를 쫓는 일이 될 수 있음을 발견할 수 있는 선한 눈을 갖고 있다. 내가 잠시 하늘을 쳐다보는 일이 까치에게 위협이 될 수도 있다는 사실을 알게 되면 세상 사는 일이 얼마나 조심스러워지고 무거워지겠는가? 시인은 이 자세로 세상을 살고 있다. 그러니 아름다운 삶을 가꿀 수밖에 없지 않겠는가?
그리움을 안고 기다림을 품은 맑은 얼굴로 새봄을 기다리
지 않겠는가? 한겨울의 막바지에 바람꽃을 찾아 나서는
시인의 발걸음에 이미 봄 향기가 배어 있다.

꽃샘추위가 길을 붙드는 새벽
널 보러 선잠 깬
눈을 비비며 산길을 나선다

수북이 쌓인 낙엽들,
그 사이 넌 수줍게
예쁘장한 얼굴로 유혹한다
차마 열지 못한 날 선 그리움이
이만하랴

돌아서는 발길에
부서지는 아침 햇살,
그 자리마다 또 이렇게
봄이 우리 곁에 온다

— 「바람꽃」 전문

5.

나는 김부수 시인이 참 좋다. 20여 년 전 문학 모임에서 만난 뒤로 몇 년에 한 번 문학 모임이나 교사 모임에서 스치듯 만나도 늘 편안하다. 어떤 자리에서도 시인이 오래 말하는 것을 들은 기억이 없다. 그냥 조용히 앉아 있다. 곁에 말없이 사람이 있으면 때로 불편한데 시인은 그렇지 않다. 선한 미소를 띠고 단정한 태도로 앉아 다른 사람의 얘기를 듣는 모습은 부담감보다는 든든한 느낌을 준다.

그래서 자주 보지 않으면서 나는 시인을 늘 만나고 사는 느낌이었다. 덥석 시인의 첫 시집에 몇 마디 말을 보태는 일을 맡겠다고 나선 것도 이 때문이다. 농촌 마을의 선생으로 살면서 아이들을 따뜻하게 안아 주고, 시대가 부여하는 역사의 무게에 때로 주춤거리고, 시인보다는 착한 사람이 되고자 노력한 기록인 시집 원고를 읽으며 가슴에 더운 김이 나는 즐거움이 있었다.

눈이 밝지 못해 시인이 말하는 이야기를 다 알아채지 못한 아쉬움이 크다. 그러나 시인의 이야기가 앞으로 쭉 이어질 것을 알기에 못 본 아름다움은 다시 볼 수 있으리라 생각한다.

이제 시인은 오랜 교사 생활을 끝내야 할 시기가 되었

다. 이 시집은 그 끝을 맺어 주는 작은 선물이 될 것이다. 또 이 시집은 새로운 시작을 알리는 아침 햇살이다. 등단한 지 30년이 다 되어 내는 첫 시집이 시인의 발걸음에 탄력을 주어 더 깊고 아름다운 언어들이 쏟아져 나올 것을 예감한다.

사는 일이
어느 것 하나 만만치 않아도
비틀거리며 걷지 마라
무섭게
날 저물어 우리 걸어온 길이
어둠에 묻혀도 그 길로 가는 이
또 있으니

- 「길」 전문

앞선 이가 어둠에 묻혀도 그 길을 다시 걸을 각오가 된 시인의 새 시를 만나고 싶은 마음으로 시집 원고를 내려놓는다.

김부수

1957년 전남 강진에서 태어나 조선대 사대 국어교육학과를 졸업했다. 1992년 〈광주매일〉 신춘문예에 「어머니의 땅」으로 시 부문에 당선되었다. 2005년부터 땅끝문학 회원으로 활동하고 있으며, 현재 성전중학교 교사로 근무 중이다.

e-mail｜bskim57@naver.com

추워 봐야 별거냐며 동백꽃 핀다

초판1쇄 찍은 날 ｜ 2019년 11월 27일
초판1쇄 펴낸 날 ｜ 2019년 12월 9일

지은이 ｜ 김부수
펴낸이 ｜ 송광룡
펴낸곳 ｜ 문학들
등록 ｜ 2005년 8월 24일 제2005 1-2호
주소 ｜ 61489 광주광역시 동구 천변우로 487(학동) 2층
전화 ｜ 062-651-6968
팩스 ｜ 062-651-9690
전자우편 ｜ munhakdle@hanmail.net
블로그 ｜ blog.naver.com/munhakdlesimmian

ⓒ 김부수 2019
ISBN 979-11-86530-81-8 03810